儿童国学教化经典阅读

# 神童诗

张恩台 编著

吉林美术出版社 | 全国百佳图书出版单位

　　蒙学是对我国传统幼儿启蒙教育的一个统称，是我国传统教育中的一个重要阶段。在我国古代，儿童"开蒙"接受教育的年龄一般在4岁左右。现代科学也认为，4岁恰好是儿童学习汉字的最佳年龄段。因此，蒙学教育的基本目标是培养儿童认字和书写能力，养成良好的日常生活习惯，具备基本的道德伦理规范，并且掌握一些中国基本文化的常识及日常生活常识。

　　蒙学作为国学中经典之经典，铸就了"中华不可或缺之魂"，凝聚了我国数千年的文明史和传统文化，体现了中华民族博大精深的文化内涵。特别是蒙学经典，更是古人根据我们广大青少年儿童身心发展特点和学习知识需要而编撰的。这些经典作品，行文流畅，气势磅礴，辞藻华丽，前后连贯，朗朗上口。内容丰富，包含有天文、地理、历史、治国、修身、道德、伦理、哲学、艺术等丰富知识。古往今来，我们中华民族的无数华夏子孙从中吸取知识，不仅培养了我们良好的道德品质，还提升了我们儒雅、淳静的气质，滋养了我们一代代人的成长。

　　蒙学是我们中华民族五千年的文化精髓，其中蕴涵着丰富而深刻的常规道理和人生准则，是经过千百年的历史洗礼和多少代人的实践检验过的，是我们广大青少年儿童学习成长的必备精神食粮。我们广大青少年儿童阅读蒙学经典，能够秉承国学仁义精神，学会谦和待人、谨慎待己、勤学好问等优良品行，能够培养我们的刚健人格，使我们成为内外兼修的阳光少年和未来精英。

我们青少年儿童阅读蒙学经典，就如同师从贤哲，使我们在人生的第一步就站在了先辈们肩膀之上，就能在高起点上开始人生的起跑。阅读圣贤之书，与圣贤为伍，是我们精神获得高尚和超越的最高境界。

为此，我们经过精心挑选，特别编辑了这套蒙学读本。根据新课标的要求和广大青少年儿童学习吸收的特点，本套书每册在忠实原著基础上，去掉了部分不适合少年儿童阅读的内容，节选了经典原文，同时增设了简单明白的注释和白话解读，还配有相应故事和精美图片等。图文并茂，浅显易懂，非常易于阅读和理解，是广大青少年儿童学习蒙学和健康成长的最佳读物，一定能够奠基和指导我们实现人生的中国梦。

# 目录 MULU

# MULU

目录

# 天子重英豪

天子重英豪，文章教尔曹；
万般皆下品，唯有读书高。

**【译读】**

天子重用才能出众的人，用圣人的经典来教育你们；各行各业都属于下等，只有读书最为"高贵"。

**【故事】**

明朝著名散文家、学者宋濂自幼好学，不仅学识渊博，而且写得一手好文章，被明太祖朱元璋赞誉为"开国文臣之首"。

宋濂很爱读书，遇到不明白的地方总要刨根问底。有一次，宋濂为了搞清楚一个问题，冒雪行走数十里，去请教已经不收学生的梦吉老师，但老师并不在家。

宋濂并不气馁，而是在几天后再次拜访老师，但老师并没有接见他。因为天冷，宋濂和同伴都被冻得够呛，宋濂脚趾都被冻伤了。当宋濂第三次独自拜访的时候，掉入了雪坑中，幸被人救起。当宋濂几乎晕倒在老师家门口的时候，老师被他的诚心所感动，耐心解答了宋濂的问题。后来，宋濂为了求得更多的学问，不畏艰辛困苦，拜访了很多老师，最终成为了闻名遐迩的散文家！

shǎo xiǎo xū qín xué

# 少小须勤学

shǎo xiǎo xū qín xué　　　wén zhāng kě lì shēn
## 少小须勤学，文章可立身；

mǎn cháo zhū zǐ guì　　　jìn shì dú shū rén
## 满朝朱紫贵，尽是读书人。

【译读】

cóng xiǎo jiù bì xū qín fèn xué xí　　shú dú
从小就必须勤奋学习，熟读

shèng rén jīng diǎn néng shǐ nǐ chū rén tóu dì　　nǐ
圣人经典能使你出人头地；你

kàn cháo tíng lǐ nà xiē dá guān xiǎn guì　　quán dōu
看朝廷里那些达官显贵，全都

shì shú dú jīng shū de rén
是熟读经书的人。

【故事】

wáng xī zhī suì shí　　bài nǚ shū
王羲之7岁时，拜女书

fǎ jiā wèi shuò wéi shī　　yì
法家卫铄为师，一

zhí xué xí dào suì　　suī
直学习到12岁，虽

yǐ bú cuò　　dàn zì jǐ què
已不错，但自己却

zǒng shì jué de bù mǎn yì
总是觉得不满意。

wáng xī zhī suì nà nián ǒu rán fā xiàn tā fù qīn cáng yǒu yì
王羲之13岁那年，偶然发现他父亲藏有一

běn shuō bǐ de shū fǎ shū biàn tōu lái yuè dú tā fù qīn dān
本《说笔》的书法书，便偷来阅读。他父亲担

xīn tā nián yòu bù néng bǎo mì
心他年幼不能保密

jiā chuán dā ying dài tā zhǎng dà
家传，答应待他长大

zhī hòu zài chuán shòu méi liào
之后再传授。没料

dào wáng xī zhī jìng guì xià
到，王羲之竟跪下

qǐng qiú fù qīn yǔn xǔ tā xiàn zài
请求父亲允许他现在

yuè dú tā fù qīn hěn shòu
阅读，他父亲很受

gǎn dòng zhōng yú dā ying le
感动，终于答应了

tā de yāo qiú
他的要求。

wáng xī zhī liàn xí shū fǎ hěn kè kǔ　　shèn zhì lián chī fàn　zǒu
王羲之练习书法很刻苦，甚至连吃饭、走

lù dōu bú fàng guò　zhēn shì dào liǎo wú shí wú kè bú zài liàn xí de dì
路都不放过，真是到了无时无刻不在练习的地

bù　méi yǒu zhǐ bǐ　tā jiù zài shēn shang huá xiě　　jiǔ ér jiǔ zhī
步。没有纸笔，他就在身上划写，久而久之，

yī fu dōu bèi huá pò le　　yǒu shí liàn xí shū fǎ dá dào wàng qíng de chéng
衣服都被划破了。有时练习书法达到忘情的程

dù　yí cì　tā liàn zì jìng wàng le chī fàn　　jiā rén bǎ fàn sòng dào
度。一次，他练字竟忘了吃饭，家人把饭送到

shū fáng　tā jìng bù jiā sī suǒ de yòng mó mó zhàn zhe mò chī qǐ lai
书房，他竟不加思索地用馍馍蘸着墨吃起来，

hái jué de hěn yǒu wèi　　dāng jiā rén
还觉得很有味。当家人

fā xiàn shí　yǐ shì mǎn zuǐ
发现时，已是满嘴

mò hēi le
墨黑了。

wáng xī zhī cháng lín
王羲之常临

chí shū xiě　　jiù chí xǐ
池书写，就池洗

砚，时间长了，池水尽墨，人称"墨池"。现在绍兴兰亭、浙江永嘉西谷山、庐山归宗寺等地都有被称为"墨池"的名胜。

为了练好书法，他每到一个地方，总是跋山涉水四下钤拓历代碑刻，积累了大量的书法资料。

他在书房内，院子里，大门边甚至厕所的外面，都摆着凳子，安放好笔，墨，纸，砚，每想到一个结构好的字，就马上写到纸上。他在练字时，又凝眉苦思，以至废寝忘食。

# 学向勤中得
xué xiàng qín zhōng dé

学 向 勤 中 得 ， 萤 窗 万 卷 书 ；
xué xiàng qín zhōng dé　　　yíng chuāng wàn juàn shū

三 冬 今 足 用 ， 谁 笑 腹 空 虚 ？
sān dōng jīn zú yòng　　　shuí xiào fù kōng xū

## 【译读】

学问要在勤奋中求得，窗前灯下苦读万卷书
xué wen yào zài qín fèn zhōng qiú de　chuāng qián dēng xià kǔ dú wàn juàn shū

册；三年学习，文史之事足够用，谁能嘲笑你肚
cè　sān nián xué xí　wén shǐ zhī shì zú gòu yòng　shuí néng cháo xiào nǐ dù

里空空没有学问呢？
li kōng kōng méi yǒu xué wen ne

## 【故事】

汉朝时，少年时的匡衡，非常勤奋好学。
hàn cháo shí　shào nián shí de kuāng héng　fēi cháng qín fèn hào xué

由于家里很穷，所以他白天必须干许多活，挣
yóu yú jiā li hěn qióng　suǒ yǐ tā bái tiān bì xū gān xǔ duō huó zhèng

钱糊口。只有晚上，他才能坐下来安心
qián hú kǒu　zhǐ yǒu wǎn shang　tā cái néng zuò xia lai ān xīn

读书。不过，他又买不起蜡烛，天一黑，就无
dú shū　bú guò　tā yòu mǎi bu qǐ là zhú　tiān yì hēi　jiù wú

法看书了。匡衡心痛这浪费的时间，内心非常痛苦。

他的邻居家里很富有，一到晚上好几间屋子都点起蜡烛，把屋子照得通亮。匡衡有一天鼓起勇气，对邻居说："我晚上想读书，可买不起蜡烛，能否借用你们家的一寸之地呢？"邻居一向瞧不起比他们家穷的人，就恶毒地

挖苦说："既然穷得买不起蜡烛，还读什么书呢！"匡衡听后非常气愤，不过他更下定决心，一定要把书读好。匡衡回到家中，悄悄地在墙上凿了个小洞，邻居家的烛光就从这洞中透过来了。他借着这微弱的光线，如饥似渴地读起书来，渐渐地把家中的书全都读完了。

匡衡读完这些书，深感自己所掌握的知识

是远远不够的，他想继续看多一些书的愿望更加迫切了。附近有个大户人家，有很多藏书。

一天，匡衡卷着铺盖出现在大户人家门前。他对主人说："请您收留我，我给您家里白干活不要报酬。只是让我阅读您家的全部书籍就可以了。"主人被他的精神所感动，答应了他借书的要求。匡衡就是这样勤奋学习的，后来他做了汉元帝的丞相，成为西汉时期有名的学者。

# 自小多才学
zì xiǎo duō cái xué

zì xiǎo duō cái xué　　píng shēng zhì qi gāo
**自小多才学，平生志气高；**
bié ren huái bǎo jiàn　　wǒ yǒu bǐ rú dāo
**别人怀宝剑，我有笔如刀。**

【译读】

cóng xiǎo jiù bó xué duō cái　　yì shēng zhōng lì xià xióng xīn zhuàng zhì
从小就博学多才，一生中立下雄心壮志；
bié ren yī kào wǔ lì qǔ dé guān zhí　　wǒ yǐ fēng lì rú dāo de wén bǐ
别人依靠武力取得官职，我以锋利如刀的文笔
qǔ dé dì wèi
取得地位。

**【故事】**

shào nián zhōu chǔ<br/>少年周处

zhōu chǔ xiǎo shí hou　　yīn fù qīn qù shì　　zhěng tiān hé rén dǎ jià
周处小时候，因父亲去世，整天和人打架

dòu ōu　　suí zhe nián líng de zēng zhǎng　　xiāng qīn men bǎ tā hé nán shān shang
斗殴。随着年龄的增长，乡亲们把他和南山上

de měng hǔ　　cháng qiáo xià de è jiāo　　bìng chēng wéi dāng dì de　　sān
的猛虎，长桥下的恶蛟，并称为当地的"三

hài　　zhōu chǔ jiàn bié ren bǎ tā chēng wéi　　hài　　xīn li hěn jīng
害"。周处见别人把他称为"害"，心里很惊

yà　　tā jué xīn jiāng　　sān hài　　yì qí chú diào
讶，他决心将"三害"一齐除掉。

zhōu chǔ shā diào le lǎo hǔ hé è jiāo　　zì jǐ zé fā fèn dú
周处杀掉了老虎和恶蛟，自己则发奋读

shū　　hěn kuài biàn bèi dì fāng guān xuǎn bá chu lai zuò
书，很快便被地方官选拔出来做

le guān
了官。

# zhāo wéi tián shě láng
# 朝为田舍郎

zhāo wéi tián shě láng　　　mù dēng tiān zǐ táng
朝 为 田 舍 郎 ，　暮 登 天 子 堂 ；

jiàng xiàng běn wú zhǒng　　nán ér dāng zì qiáng
将 相 本 无 种 ，　男 儿 当 自 强 。

## 【译读】

zǎo chen hái shi nóng jiā ér láng　　bàng wǎn jiù dēng shàng le tiān zǐ de
早 晨 还 是 农 家 儿 郎 ，傍 晚 就 登 上 了 天 子 的

diàn táng　　jiāng jūn zǎi xiàng běn lái bú shì tiān shēng yǒu zhǒng　　hǎo nán ér yīng
殿 堂 ；将 军 宰 相 本 来 不 是 天 生 有 种 ，好 男 儿 应

dāng lì zhì tú qiáng
当 立 志 图 强 。

# 吕蒙发奋读书

吕蒙是三国时期东吴大将。他自从当兵以来四处征战，没有时间学习。后来，吴主孙权建议他抽时间学习，吕蒙自此开始发奋读书。

经过一段时间学习，吕蒙学识大有长进。当时，鲁肃做都督，有一回，鲁肃同吕蒙聊天。吕蒙说了一席话令鲁肃对他刮目相看。

吕蒙笑着说："离别三天，事物都会变化，咱们这么久没见面，你怎么用老眼光看我呢？"

# 学乃身之宝
xué nǎi shēn zhī bǎo

xué nǎi shēn zhī bǎo　　rú wéi xí shàng zhēn
## 学乃身之宝，儒为席上珍；

jūn kàn wéi zǎi xiàng　　bì yòng dú shū rén
## 君看为宰相，必用读书人。

【译读】

xué wen shì shēn shang de bǎo bèi　　rú shēng shì shè huì de zhēn bǎo
学问是身上的宝贝，儒生是社会的珍宝；

nǐ kàn kan nà xiē dāng zǎi xiàng de　　yí dìng dōu shì shú dú kǒng mèng zhī shū
你看看那些当宰相的，一定都是熟读孔孟之书

de rén
的人。

# 【故事】

## 宋濂借书

宋濂是明初的文学家。他家里有许多藏书。宋濂小时候很爱读书，他看完了家里所有的书后，又开始借书来读。

有一次，宋濂到一个富人家借书。这家人说十天之内必须归还。

到了第十天，下起了鹅毛大雪。宋濂早早起来，没顾上吃饭就向富人家赶去。那家人没想到宋濂会冒雪把书送了回来。富人很感动，告诉宋濂，以后可以随时来看书，不再给他限定借书时间了。

# mò dào rú guān wù
# 莫道儒冠误

mò dào rú guān wù　　shī shū bú fù rén
# 莫道儒冠误，诗书不负人；

dá ér xiāng tiān xià　　qióng yì shàn qí shēn
# 达而相天下，穷亦善其身。

## 【译读】

　　bú yào rèn wéi dāng le rú shēng jiù wù le qián chéng shī shū jué
不要认为当了儒生就误了前程，诗书决
bú huì gū fù rén　yí dàn dé shì zuò le guān　jiù kě yǐ fǔ zuǒ cháo
不会辜负人；一旦得势做了官，就可以辅佐朝
tíng　jí shǐ dāng bu shàng guān yě kě yǐ xiū shēn yǎng xìng chéng wéi yǒu dé
廷，即使当不上官也可以修身养性，成为有德
xíng de rén
行的人。

## 【故事】

### liáng hào duó kuí
### 梁灏夺魁

liáng hào　　zì tài sù　　běi sòng yùn zhōu xū chéng rén
梁灏，字太素，北宋郓州须城人，
chū shēn huàn jiā liáng hào shào nián sàng fù yóu qí shū fù fǔ
出身宦家。梁灏少年丧父，由其叔父抚

育成人。他从学于王禹恺，并于青年时代就参加科举考试，但始终名落孙山。直至82岁那一年，他终于连中三甲，被皇帝御批为状元。当皇帝召见他时，他表现得非常自信。

梁灏对于自己已经满头白发才考中状元，一点也不以为意，因为他终于完成了自己的心愿，实现了人生的目标。

# 遗子黄金宝
yí zǐ huáng jīn bǎo

遗子黄金宝，何如教一经；
yí zǐ huáng jīn bǎo　　hé rú jiāo yì jīng

姓名书锦轴，朱紫佐朝廷。
xìng míng shū jǐn zhóu　　zhū zǐ zuǒ cháo tíng

## 【译读】

留给子孙金银财宝，不如教他们熟读孔孟的经书；这样姓名就可载入史册，当上高官可以辅佐朝廷。

## 【故事】

### 徐勉将清白留给子孙
xú miǎn jiāng qīng bái liú gěi zǐ sūn

梁朝时中书令徐勉，一生身居高位，他严于律己，行事公
liáng cháo shí zhōng shū lìng xú miǎn　yì shēng shēn jū gāo wèi　tā yán yú lù jǐ　xíng shì gōng

正而谨慎，节俭不贪，不营置家产。平时所得的俸禄，大都分给了亲朋中的穷困者和贫苦百姓，因此家里没有任何积蓄。

他的门客和朋友劝他为后代置点产业，他回答说："别人给子孙留下财产，我给子孙留下清白。子孙如有德能，他们会自创家业；如果他们不成材，即使我留下财产也没用。"

徐勉写信告诫儿子说：为人父母，总想把最好的东西留给子女，其实不管多少财物都是身外之物，只有重德向善，才能真正受益。

# gǔ yǒu qiān wén yì
# 古有《千文》义

gǔ yǒu qiān wén yì　xū zhī hòu xué tōng
古有《千文》义，须知后学通；

shèng xián jù jiān chū　yǐ cǐ fā mēng tóng
圣贤俱间出，以此发蒙童。

## 【译读】

zì gǔ yǐ lái yǒu qiān zhǒng wén zhāng dào
自古以来有千种文章道

lǐ　yào zhī dào zhǐ yǒu hòu rén qín xué cái néng jīng
理，要知道只有后人勤学才能精

tōng　shèng xián dōu cóng zhè li chǎn shēng　yào yǐ cǐ
通；圣贤都从这里产生，要以此

lái jiào yù gāng dú shū de ér tóng
来教育刚读书的儿童。

## 【故事】

### kǒng mǔ jiào zǐ
### 孔母教子

　　孔子的母亲颜征，非常重视对孔子进行早期教育。孔母在孔子还不懂事的时候，就买来许多乐器，亲自教儿子吹奏。孔子在母亲教育下，很小就学会了器乐，懂得了礼仪规矩，并从音律协调关系中得到了启示，逐渐形成了以"仁"为核心的儒家学说。

# 神童衫子短
shén tóng shān zǐ duǎn

shén tóng shān zǐ duǎn　　xiù dà rě chūn fēng
## 神童衫子短，袖大惹春风；

wèi qù cháo tiān zǐ　　xiān lái yè xiàng gong
## 未去朝天子，先来谒相公。

**【译读】**

wǒ shén tóng shān suī rán hěn duǎn　xiù zi dà néng yǐn lái dé yì de
我神童衫虽然很短，袖子大能引来得意的

chūn fēng　　yào cháo jiàn tiān zǐ hái méi yǒu qù　xiān lái bài jiàn nǐ zhè wèi
春风；要朝见天子还没有去，先来拜见你这位

xiàng gong
相公。

## 【故事】

一天，鄞县县令带领全县举人、秀才去孔庙参拜孔子圣像。在三跪九叩之后，县令忽然发现大殿墙壁上，用木炭写有这样一首诗：

颜回夜夜观星像，

夫子朝朝雨打头。

多少公卿从此出，

何人肯把俸钱修。

下边落款题有九龄童注洙的名字。

县令环视大殿，不光殿宇破败不堪，孔子和颜回圣像也都缺额少肩，实在有损尊严，自觉羞惭。但转而一想，9岁孩童怎能写出这样诗来？怕是有人假冒孩童之名，故意讽刺于我？

想到这里，便吩咐差役：“速去打听，这汪洙是何等样人，叫他前来见我。”

汪洙的父亲叫汪元吉，就在县里当小吏。因家境清贫，汪洙就帮家里牧鹅，利用晚上和牧鹅空隙读书写字。

初春的一天，汪洙赶着一群白鹅到野外去放牧，他见孔庙前青草茂盛，便让鹅吃草，自个

在大树下读起书来。不料，忽地一阵
寒风过后，大雨从天而降，便赶紧收起
书本，把鹅赶进孔庙避雨。

　　汪洙一进庙门，只见殿底破败，蛛网百
结，圣像破碎，鸟粪遍地。心想，父亲常说，
朝廷里的文官武将，尽是孔夫子的学生，如今
他们一个个做官享福，可老夫子却坐在这样的
破庙里，谁也不肯拿点银子出来修理一番。

　　他越想越生气，见殿角烧剩的木炭，便捡
起在墙上题了这首诗，不料被县令发现了。

　　县令查问汪洙，汪元吉正好站在一旁，便

赶紧跪下道："这汪洙乃是卑职逆子，冒犯了大人，待我把他唤来，听凭老爷教训！"

汪元吉心急火燎的赶回家里，一见汪洙便说："你闯下大祸了！闯下大祸了！还不快跟我去见老爷！"

汪洙不解地问："孩儿整天读书、牧鹅，安分守己，从来不做不肖之事，祸事从何说起？"

汪洙跟父亲到了孔庙，见过县令。县令问："这墙上的诗可

shì nǐ xiě de
是你写的？”

wāng zhū bù huāng bù máng de huí dá　　zhèng shì　　hái qǐng
汪洙不慌不忙地回答：“正是，还请

lǎo yé zhǐ jiào
老爷指教？”

nǐ wèi hé yào xiě zhè yàng de shī
“你为何要写这样的诗？”

wāng zhū shuō　　　　zhǐ yào lǎo yé kàn kan zhè miào　　hái néng
汪洙说：“只要老爷看看这庙，还能

bù zhī xiě zhè shī de yòng yì ma
不知写这诗的用意吗？”

xiàn lìng yì tīng　　　zhè hái zi guǒ yǒu cái huá　　dà xǐ
县令一听，这孩子果有才华，大喜

dào　　　hǎo shī　　guǒ shì shén tóng　　jiāng lái dìng chéng dà qì
道：“好诗，果是神童！将来定成大器！

yǒu shǎng　　yǒu shǎng
有赏！有赏！

# 年纪虽然小

nián jì suī rán xiǎo

年纪虽然小， 文章日渐多；

待看十五六， 一举便登科。

【译读】

年纪虽然很小，但写的文章却很多，等到了十五六岁的时候，一定可以考中秀才。

**【故事】**

# 于仲文爱学习

于仲文，河南洛阳人，隋朝名将。他从小聪明好学，每当看到父亲读书时，他就在一旁"咿咿呀呀"跟着学。有一天，于仲文要求父亲给他盖一间书房，父亲见他言辞恳切，就给他盖了间小草房。草房盖好后，小仲文每天都拿着书躲到草房里。

这天，父母悄悄地来到草房，只见小仲文正津津有味地看书，当看到精彩地方还"咯咯"直笑。于仲文以学习为乐，长大后被任命为安固太守。在任期间，他善于断案，清正廉洁，深受百姓喜爱。后来，于仲文随军征战，累立战功。周宣帝时，被任命为东郡太守。

# 大比因自举

dà bǐ yīn zì jǔ

大比因自举， 乡书以类升；
míng tí xiān guì jí　　tiān fǔ kuài xiān dēng
名题仙桂籍， 天府快先登。

## 【译读】

乡试按期举行，考中了就会逐级高升；姓名载入了进士名册，很快就登上了朝廷。

## 【故事】

## 苏洵苦读

苏洵小时候很聪明，但他读书不认真。他27岁时，哥哥考中了进士，给全家争了光。这一下子让苏洵有了醒悟，他开始发奋学习。

xué le yì nián duō　sū xún
学了一年多，苏洵
rèn wéi chà bu duō le　jiù qù cān
认为差不多了，就去参
jiā kǎo shì　què méi kǎo zhòng　zhè shǐ tā
加考试，却没考中。这使他
zhī dào xué xí bú shì jiàn róng yì de shì　bì xū
知道学习不是件容易的事，必须
xià kǔ gōng cái yǒu shōu huò
下苦功才有收获。

yú shì　tā bǎ zì jǐ guò qù de wén zhāng quán bù shāo diào　jué
于是，他把自己过去的文章全部烧掉，决
xīn cóng tóu kāi shǐ　zhè yàng guò　le dà gài wǔ liù nián de shí jiān　tā
心从头开始。这样过了大概五六年的时间，他
xià bǐ jiù néng yáng yáng sǎ sǎ
下笔就能洋洋洒洒
xiě jǐ qiān zì de wén zhāng
写几千字的文章。

# 喜中青钱选

xǐ zhōng qīng qián xuǎn
喜中青钱选，

cái gāo yā jùn yīng
才高压俊英；

yíng chuāng xīn tuō jì
萤窗新脱迹，

yàn tǎ dàn shū míng
雁塔淡书名。

## 【译读】

考试中选万分高兴，（只因为）才学高超压倒所有应考的人；刚刚离开苦读的书房，年纪轻轻就在那雁塔上题了名。

**【故事】**

## 卢生的梦里荣华
lú shēng de mèng li róng huá

从前，有个叫卢生的书生，屡试不中，却
总向往荣华富贵。有一次，他外出经过邯郸，
来到一家客栈，没想到一躺下就做起梦来。

在梦里，他考中进士，后来做官做到宰
相。他还生了5个儿子，都做了大官。他的儿
子又为他生了10多个孙
子，他自己80多岁时
寿终正寝。

梦一结束，他
就醒来了。心想几
十年的荣华富贵，
竟是短暂的一梦，
很觉惊异。

# nián shào chū dēng dì
# 年少初登第

nián shào chū dēng dì　　huáng dū dé yì huí
年少初登第，皇都得意回；

yǔ mén sān jí làng　　píng dì yì shēng léi
禹门三汲浪，平地一声雷。

## 【译读】

nián shào shí jiù zhòng le jìn shì　cóng
年少时就中了进士，从

jīng chéng dé yì yáng yáng de fǎn huí　zhèng
京城得意洋洋地返回；正

rú lǐ yú tiào guò lóng mén　yòu
如鲤鱼跳过龙门，又

xiàng píng dì xiǎng qǐ le yì shēng
象平地响起了一声

jīng léi
惊雷。

【故事】

# 李贺苦吟成诗人

唐代著名诗人李贺，为写诗花费了不少心血。他常常早晨起来，就背个破旧的锦袋，到外面寻找写诗的灵感。途中如果遇上美好的景物而诗兴大发，他就把当时吟得好的诗句写在纸条上，装在锦袋中。

晚上回到家里，他再重新整理。他以这些零碎的句子作骨架，精心构思诗篇，并把写成的诗篇，集在另外一个锦袋中。

母亲见儿子如此用功，就说："我儿子的诗句都是心血换来的呀！"

# 一举登科日
yì jǔ dēng kē rì

一举登科日，双亲未老时；
yì jǔ dēng kē rì　shuāng qīn wèi lǎo shí

锦衣归故里，端的是男儿。
jǐn yī guī gù lǐ　duān de shì nán ér

## 【译读】

考中进士之日，父母都还未
kǎo zhòng jìn shì zhī rì　fù mǔ dōu hái wèi

老；穿着华丽的官服回家乡，这才
lǎo　chuān zhe huá lì de guān fú huí jiā xiāng　zhè cái

是真正的好男儿。
shì zhēn zhèng de hǎo nán ér

## 【故事】

### 窦燕山五子登科
dòu yān shān wǔ zǐ dēng kē

五代时，在河北省蓟县有一个名叫
wǔ dài shí　zài hé běi shěng jì xiàn yǒu yí gè míng jiào

窦燕山的人，仗着家里有钱，到处
dòu yān shān de rén　zhàng zhe jiā li yǒu qián　dào chù

欺压百姓。一天夜里，他梦
qī yā bǎi xìng　yì tiān yè lǐ　tā mèng

dào sǐ qù de fù qīn quàn tā gǎi guò xiàng shàn
到死去的父亲劝他改过向善。

dòu yān shān xǐng lái hòu
窦燕山醒来后，

jǐn jì fù qīn de huà cóng cǐ tòng gǎi qián fēi lè shàn hào shī bāng
谨记父亲的话，从此痛改前非，乐善好施，帮

zhù xǔ duō kùn kǔ de rén dù guò nán guān
助许多困苦的人渡过难关。

hòu lái yān shān yǒu le gè ér zi tā yǐ zì jǐ gǎi guò xiàng
后来，燕山有了5个儿子。他以自己改过向

shàn de jīng yàn yòng xīn de jiào yù tā de gè ér zi zhè gè ér
善的经验，用心地教育他的5个儿子。这5个儿

zi méi ràng fù qīn shī wàng gè gè dōu chéng wéi le yǒu zuò wéi de rén
子没让父亲失望，个个都成为了有作为的人。

# 玉殿传金榜

yù diàn chuán jīn bǎng

玉殿传金榜，　君恩赐状头；

英雄三百辈，　随我步瀛洲。

【译读】

官殿里传下了考中进士的金榜，皇帝的恩

德赐给（我）为状元，三百名考中的进士，跟

随我登上了人间天堂。

## 【故事】

# 王勃幼年好学

王勃，字子安，王通孙，通化镇人。唐初著名诗人。王勃的父亲王福畤精于撰述，历任太常博士、齐州长史等职。

王勃成长于书香之家，自幼好学，6岁善诗能文，9岁读《汉书注》发现书中误失，著成《指瑕》一书，10岁精通六经。

王勃14岁时，右相刘祥道巡行关内，王勃上书论朝政得失，对当朝穷兵黩武、重商轻农、执法不严、用人不当之处，多有指责，其情痛切，其言中肯。

刘祥道爱其才，将王勃推荐于朝廷，立即被皇帝授予散郎之职。

# 慷慨丈夫志
kāng kǎi zhàng fū zhì

慷慨丈夫志，生当忠孝门；
kāng kǎi zhàng fū zhì　　shēng dāng zhōng xiào mén

为官须作相，及第必争先。
wéi guān xū zuò xiàng　　jí dì bì zhēng xiān

## 【译读】

大丈夫立下了慷慨志
dà zhàng fū lì xià le kāng kǎi zhì

向，一生要建立起忠孝的
xiàng　yì shēng yào jiàn lì qǐ zhōng xiào de

门第；当官必须作宰相，
mén dì　dāng guān bì xū zuò zǎi xiàng

科举考试一定要争第一。
kē jǔ kǎo shì yí dìng yào zhēng dì yī

# 【故事】

## 寇母教子"修身为万民"

北宋寇准自幼丧父，家境清贫，全靠母亲织布纺纱使他读书入仕。母亲临终时，将一幅画交给家人刘妈说："寇准日后如有错处，你就把这幅画给他！"

后来，寇准做了宰相，为庆贺自己的生日，他请来两台戏班。刘妈认为时机已到，便把寇母的画交给他。寇准一看，只见画上写着一首诗："孤灯课读苦含辛，望尔修身为万民；勤俭家风慈母训，他年富贵莫忘贫。"

原来这是母亲的遗训，寇准再三拜读，不觉泪如泉涌，他立即撤去寿筵。从此以后，他洁身爱民，秉公无私，成为宋朝有名的贤相。

# gōng diàn tiáo yáo sǒng
# 宫殿岧峣耸

gōng diàn tiáo yáo sǒng　　jiē qú jìng wù huá
宫 殿 岧 峣 耸 ，　街 衢 竞 物 华 ；
fēng yún jīn jì huì　　qiān gǔ dì wáng jiā
风 云 今 际 会 ，　千 古 帝 王 家 。

## 【译读】

gōng diàn wēi é gāo dà rú shān fēng sǒng lì　　jiē dào shang yí piàn fán
宫殿巍峨高大如山峰耸立，街道上一片繁
huá jǐng xiàng　　yīng xióng rén wù jīn tiān lái jù
华景象；英雄人物今天来聚
huì　　zhè jiù shì shì shì dài dài dì wáng jū zhù
会，这就是世世代代帝王居住
de dì fang
的地方。

【故事】

# 汉文帝拒马

汉文帝即位时，吕后的势力刚刚被铲除，这时候国家最需要安定，各方面都在看新皇帝将如何治理天下。

不久，有人给汉文帝进献了一匹千里马，他非常喜欢，却没有接受。

他跟大臣们说，我出行的时候，前面有队伍开道，后面有人马跟随，我骑着千里马有什么用？他把马还给了原主人，并下诏说，今后不准四方官民进献任何礼物。

汉文帝赢得了大家的赞许，同时也树立起了自己圣君明主的形象。

# 日月光天德
rì yuè guāng tiān dé

rì yuè guāng tiān dé　　shān hé zhuàng dì jū
日月光天德，山河壮帝居；
tài píng wú yǐ bào　　yuàn shàng wàn nián shū
太平无以报，愿上万年书。

【译读】

日月光芒使帝王的恩德更加显得光辉，山河把帝王居住的地方衬托得更加雄伟；太平盛世无以报答，只有写下万言书来颂扬帝王的功德。

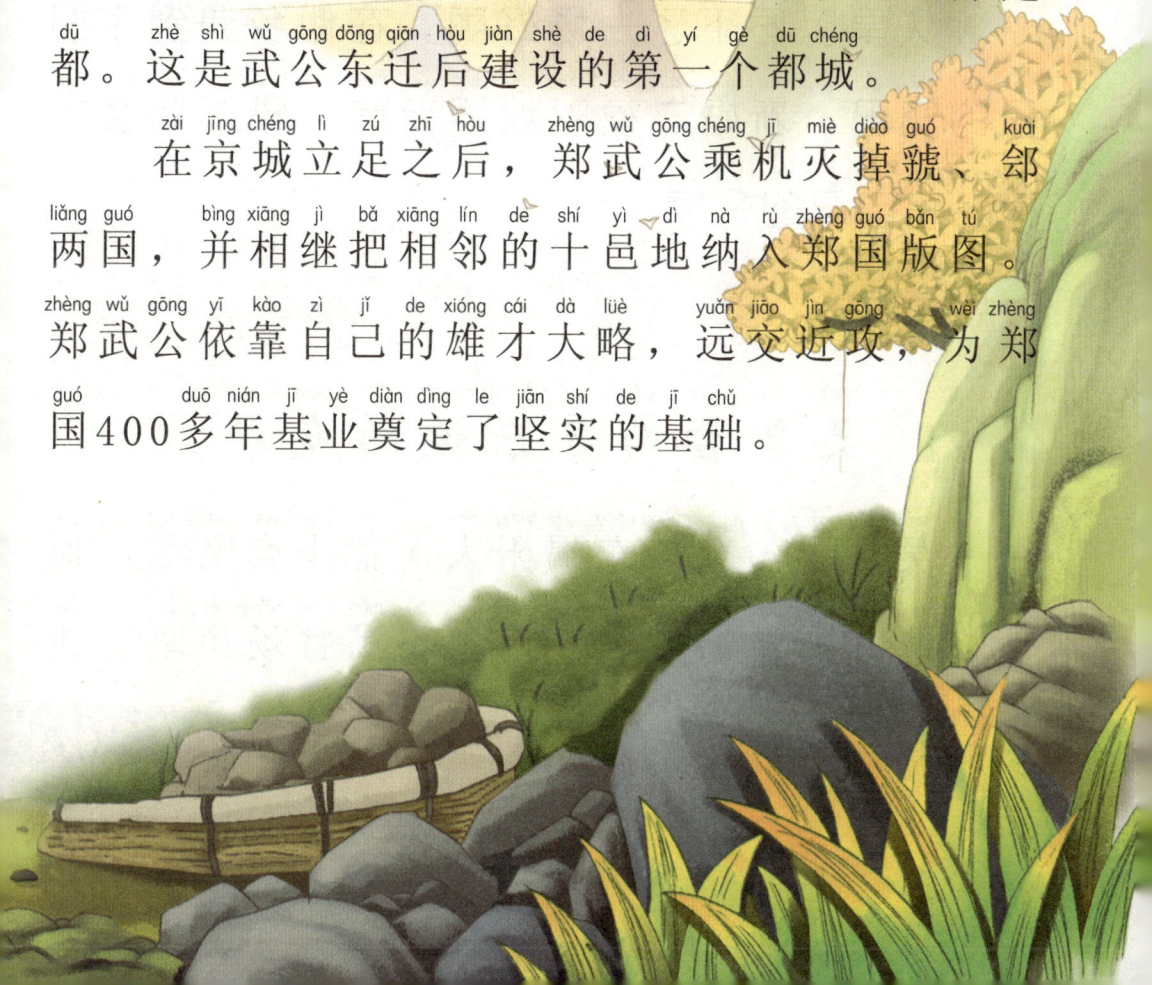

## 【故事】

# 郑武公强国富民

郑武公是春秋时郑桓公之子。他因护送周平王迁都雒邑有功，受赏大片土地，还继承了父亲的司徒之职。有了地盘，郑武公便把郑国东迁，在东虢和郐国之间一个叫京的地方建都。这是武公东迁后建设的第一个都城。

在京城立足之后，郑武公乘机灭掉虢、郐两国，并相继把相邻的十邑地纳入郑国版图。郑武公依靠自己的雄才大略，远交近攻，为郑国400多年基业奠定了坚实的基础。

jiǔ hàn féng gān yǔ
## 久旱逢甘雨

jiǔ hàn féng gān yǔ，tā xiāng yù gù zhī；
久旱逢甘雨，他乡遇故知；

dòng fáng huā zhú yè，jīn bǎng guà míng shí。
洞房花烛夜，金榜挂名时。

【译读】

jiǔ hàn yǐ hòu xià le yì chǎng hǎo yǔ，zài tā xiāng yù dào le jiù rì de zhī jǐ；xīn hūn zhī yè cǎi zhú zhào xīn fáng，diàn shì jiē xiǎo de bǎng shàng yǒu zì jǐ de míng zì。
久旱以后下了一场好雨，在他乡遇到了旧日的知己；新婚之夜彩烛照新房，殿试揭晓的榜上有自己的名字。

【故事】

wú fù gǔ yǔ sū dōng pō de yǒu yì
### 吴复古与苏东坡的友谊

wú fù gǔ，jīn guǎng dōng jiē yáng rén。tā shào yǒu wén míng，dàn xìng gé qí tè，dàn bó míng lì。yóu yú bù mǎn guān chǎng hēi àn，jué
吴复古，今广东揭阳人。他少有文名，但性格奇特，淡泊名利。由于不满官场黑暗，决

然弃官，筑庵麻田山中。

当时的名士都十分景仰他。苏东坡也在这时认识了他。他们一见如故，成了忘年交。公元1100年，苏东坡从海南遇赦北归。97岁高龄的吴复古执意为之送行，因天气寒冷，老人不幸病逝于归途。苏东坡惊闻噩耗，写下了《哭子野》的祭文。

# 土脉阳和动
tǔ mài yáng hé dòng

tǔ mài yáng hé dòng　　sháo huá mǎn yǎn xīn
土脉阳和动，　　韶华满眼新；

yì zhī méi pò là　　wàn xiàng jiàn huí chūn
一枝梅破腊，　　万象渐回春。

**【译读】**

dà dì sū xǐng yáng guāng wēn nuǎn　　zài zhè dà hǎo chūn guāng lǐ yí pài
大地苏醒阳光温暖，在这大好春光里一派

xīn de shēng qì　　yì zhī méi huā chōng pò yán hán kāi fàng　　gè zhǒng jǐng xiàng
新的生气；一枝梅花冲破严寒开放，各种景象

xiǎn shì　　chūn tiān jiàn jiàn de huí lai le
显示，春天渐渐地回来了。

# 【故事】

## 盘古开天

传说远古时期，宇宙像个大鸡蛋，渐渐地，里面孕育出一个生命，就是盘古。盘古在里面感到气闷，便挥斧将其劈开。于是，轻清的大气上升变成蓝天；厚重的尘土凝成大地。

天地分开之后，天每日升高一丈，地每日增厚一丈，盘古则变老死去。盘古死后，身体化作风云雷电、日月星辰、山川湖泊、树木花草。于是，一个美好的世界诞生了。

# 柳色侵衣绿
liǔ sè qīn yī lù

liǔ sè qīn yī lù　　táo huā yìng jiǔ hóng
柳色侵衣绿，桃花映酒红；

cháng ān yóu yě zǐ　　rì rì zuì chūn fēng
长安游冶子，日日醉春风。

## 【译读】

liǔ sè bǎ yī fu zhào lù le　táo sè
柳色把衣服照绿了，桃色

bǎ měi jiǔ yìng hóng le　cháng ān chéng li de
把美酒映红了；长安城里的

làng dàng gōng zǐ　měi tiān chén zuì zài huā tiān jiǔ
浪荡公子，每天沉醉在花天酒

dì de shēng huó zhī zhōng
地的生活之中。

【故事】

## 杨柳和荷花的故事

大明湖畔生活着一对男女，男的叫杨柳，女的叫荷花。他们青梅竹马，两小无猜，是天生一对。谁知天有不测风云！湖畔有一个恶少，趁荷花家中无人，带人抢走荷花。当杨柳闻讯追来搭救时，恶少却指使家丁杀死杨柳，荷花见状，投入湖中，殉情自尽。

不久之后，人们看见在湖畔杨柳被害的地方，生长出了茁壮的柳林；在湖中荷花自尽的地方，生长出了艳丽的红荷。

# 淑景余三月
shū jǐng yú sān yuè

淑景余三月，莺花已半稀；
shū jǐng yú sān yuè　　yīng huā yǐ bàn xī

浴沂谁氏子，三叹咏而归。
yù yí shuí shì zǐ　　sān tàn yǒng ér guī

## 【译读】

春天的美景只剩下最后一个月了，春花凋
chūn tiān de měi jǐng zhǐ shèng xià zuì hòu yí gè yuè le　chūn huā diāo

谢显得稀稀落落；谁家的少年学着曾晰在沂水
xiè xiǎn de xī xī là là　shuí jiā de shào nián xué zhe zēng xī zài yí shuǐ

边洗澡，一路歌唱着回来了？
biān xǐ zǎo　yí lù gē chàng zhe huí lai le

## 【故事】

### 芳香的兰草
fāng xiāng de lán cǎo

兰草是多年生草
lán cǎo shì duō nián shēng cǎo

本植物。根部肉质肥
běn zhí wù　gēn bù ròu zhì féi

大，无根毛。具有鳞茎，
dà　wú gēn máo　jù yǒu lín jīng

俗称芦头。叶呈线形或剑形，花单生或成总状花序，花梗上生着多数苞片。花两性，有芳香的气味。

我国历来把兰花看做是高洁典雅的象征，并与"梅、竹、菊"并列，合称"四君子"。人们通常以"兰章"喻诗文之美，以"兰交"喻友谊之真。

也有人借兰来表达纯洁爱情，"气如兰兮长不改，心若兰兮终不移"、"寻得幽兰报知己，一枝聊赠梦潇湘"。

shù diǎn yǔ yú yǔ

# 数点雨余雨

shù diǎn yǔ yú yǔ　yì fān hán shí hán

数点雨余雨，一番寒食寒；

dù juān huā fā chù　xuè lèi rǎn chéng dān

杜鹃花发处，血泪染成丹。

**【译读】**

yǔ hòu yòu líng xīng de luò xià jǐ diǎn yǔ　hán shí jié lǐ hái tòu

雨后又零星地落下几点雨，寒食节里还透

zhe hán yì　zài dù juān huā kāi fàng de dì fang　nà hóng sè de shì yóu

着寒意；在杜鹃花开放的地方，那红色的是由

xuè lèi rǎn chéng de

血泪染成的。

**【故事】**

dù juān niǎo yòu chēng dù yǔ　qí yóu lái　chū zì dù yǔ huà juān

杜鹃鸟又称杜宇，其由来，出自杜宇化鹃

de shén huà gù shi　chuán shuō zhōu dài mò qī　shǔ dì yǒu gè dù yǔ

的神话故事：传说周代末期，蜀地有个杜宇，

zì lì wéi shǔ wáng　hào wàng dì

自立为蜀王，号望帝。

zài qí bǎi yú suì shí　chǔ guó jīng zhōu yǒu gè jiào biē líng de

在其百余岁时，楚国荆州有个叫鳖灵的

rén　sǐ hòu shī tǐ nì jiāng ér shàng　zhì shǔ fù huó　wàng dì lì tā

人，死后尸体逆江而上，至蜀复活。望帝立他

为宰相。望帝在位期间玉垒山暴发了凶猛的洪水，于是派鳖灵凿山，疏导了洪水，使人民得以安居乐业。

望帝自觉功德不如鳖灵，就让位于他，自己入西山隐居修道。望帝去时，正值杜鹃鸟啼鸣季节，所以蜀民每听到杜鹃鸟鸣，就想望帝而感到悲伤，说望帝就是名叫"杜宇"的鸟儿啊！

每到春天，杜鹃徘徊翻飞，苦啼不止，象是

说"快快回去！快快回去！"如
唤子归，故杜鹃又名子规鸟。

另有一个传说，杜宇生前
注重教民务农，化为杜鹃鸟后，
仍每到春天总要呼唤"快快布
谷！快快布谷！"以提醒人们及
时播种。

古籍记有蜀民于"农时先祀杜主君"，"巴亦化其教而力务农"。杜鹃鸟鸣之际，正是杜鹃花开之时。古人又见杜鹃鸟嘴上生有红斑，认为是它逢春苦啼，咳血不止之故，而杜鹃花的鲜红色则是杜鹃鸟咳出的血滴落花上而致。这就形成"杜鹃啼处血成花"之说。

# 春到清明好

chūn dào qīng míng hǎo

春到清明好，晴天锦绣纹；

年年当此节，底事雨纷纷。

【译读】

春到清明时节正是好时光，晴朗的天空增添了色彩；年年这个时节，为什么总是细雨纷纷呢？

【故事】

古有清明前一天为"寒食节"之说。相传起于春秋时期晋文公悼

念介子推"割股充饥"一事，后逐渐清明寒食合二为一。

相传大禹治水后，人们就用"清明"之语庆贺水患已除，天下太平。此时春暖花开，万物复苏，天清地明，正是春游踏青的好时节。踏青早在唐代就已开始，历代承袭成为习惯。踏青除了欣赏大自然的湖光

山色、春光美景之外，还开展各种文娱活动，增添生活情趣。

清明节流行扫墓，其实扫墓乃清明节前一天寒食节的内容，寒食相传起于晋文公悼念介子推一事。唐玄宗开元二十年诏令天下，"寒食上墓"。因寒食与清明相接，后来就逐渐传成清明扫墓了。

明清时期，清明扫墓更为盛行。古时扫

mù　　hái zi men hái cháng
墓，孩子们还常

yào fàng fēng zhēng　　yǒu de fēng zhēng shàng ān yǒu zhú dí　　jīng fēng yì chuī néng
要放风筝。有的风筝上安有竹笛，经风一吹能

fā chū xiǎng shēng　　yóu rú zhēng de shēng yīn　　jù shuō fēng zhēng de míng zì yě
发出响声，犹如筝的声音，据说风筝的名字也

jiù shì zhè me lái de
就是这么来的。

qīng míng jié hái yǒu xǔ duō shī chuán de fēng sú　　rú gǔ dài céng cháng
清明节还有许多失传的风俗，如古代曾长

qī liú chuán de dài liǔ　　shè liǔ　　dǎ qiū qiān děng　　jù zài　　liáo dài
期流传的戴柳、射柳、打秋千等。据载，辽代

fēng sú zuì zhòng qīng míng jié　　shàng zhì cháo tíng xià zhì shù mín bǎi xìng dū yǐ
风俗最重清明节，上至朝廷下至庶民百姓都以

dǎ qiū qiān wéi lè　　shì nǚ yún jí　　tà qīng zhī fēng yě jí shèng yú qīng
打秋千为乐，仕女云集，踏青之风也极盛于清

míng jié
明节。

# fēng gé huáng hūn hòu
# 风阁黄昏后

fēng gé huáng hūn hòu　　　kāi xuān nà wǎn liáng
风 阁 黄 昏 后 ，　开 轩 纳 晚 凉 ；

yuè huá dāng hù bái　　　hé chù líng hè xiāng
月 华 当 户 白 ，　何 处 菱 荷 香 ？

## 【译读】

yǔ hòu huáng hūn gé qián wǎn fēng zhèn zhèn　zhè shí dǎ kāi chuāng hu chéng
雨后黄昏阁前晚风阵阵，这时打开窗户乘

liáng　jié bái yuè guāng zhào zhe mén hù　cóng nǎ li piāo lái le hé huā de
凉；洁白月光照着门户，从哪里飘来了荷花的

qīng xiāng
清香？

**【故事】**

## 孔融的美德

东汉末年文学家孔融，从小就机敏过人，谦让有礼。当时，有一个叫张俭的官员遭到奸臣诬告被朝廷追捕。张俭连夜投奔孔融家——张俭和孔融的哥哥孔褒是好朋友。

当时，他哥哥不在，16岁的孔融自做主张收留了张俭。可张俭在孔家躲藏的消息泄露了。于是官府派人把孔褒、孔融抓了起来。审判时，孔融争着要替哥哥顶罪，没被获准，但是他友爱兄长的美德却受到后人的尊敬。

# 漏尽金风冷
lòu jìn jīn fēng lěng

漏尽金风冷， 堂虚玉露清；
lòu jìn jīn fēng lěng　　táng xū yù lù qīng

穷经谁氏子， 独坐对寒檠。
qióng jīng shuí shì zǐ　　dú zuò duì hán qíng

## 【译读】

黎明前秋风更凉，堂前空空露水象白玉一样晶莹；是谁家少年在那里苦读经书，这么晚还独坐在寒灯下。

## 【故事】

### 屈原山洞苦读
qū yuán shān dòng kǔ dú

屈原是我国最伟大的浪漫主义诗人之一。屈原小时候，学习非常刻苦，从来都不

贪玩。他为了温习《诗经》里面的知识，无论是刮风下雨，还是寒风刺骨的时候，他都会躲到离家不远的一个山洞里去反复诵读，默写里面的诗句，直到背熟、理解为止。

经过不懈地刻苦学习，屈原终于成为一位伟大的诗人。他写下许多不朽的诗篇，并在楚国民歌的基础上创造了新的诗歌体裁——楚辞。

# 秋景今宵半
qiū jǐng jīn xiāo bàn

秋景今宵半，天高月倍明；
qiū jǐng jīn xiāo bàn  tiān gāo yuè bèi míng

南楼谁宴赏，丝竹奏清音。
nán lóu shuí yàn shǎng  sī zhú zòu qīng yīn

## 【译读】

到今天晚上，秋天已过去一半了，天空
dào jīn tiān wǎn shang  qiū tiān yǐ guò qù yí bàn le  tiān kōng

显得更高，月色格外地明；谁家在南楼开宴赏
xiǎn de gèng gāo  yuè sè gé wài de míng  shuí jiā zài nán lóu kāi yàn shǎng

月，琴弦竹笛奏出了悠扬的声音。
yuè  qín xián zhú dí zòu chū le yōu yáng de shēng yīn

## 【故事】

### 子游的武城弦歌
zǐ yóu de wǔ chéng xián gē

孔子的著名弟子子游做了武城的行政长
kǒng zǐ de zhù míng dì zǐ zǐ yóu zuò le wǔ chéng de xíng zhèng zhǎng

官。有一次孔子到武城县去看望子游，听到到
guān  yǒu yí cì kǒng zǐ dào wǔ chéng xiàn qù kàn wàng zǐ yóu  tīng dào dào

chù dōu shì tán qín chàng gē de shēng yīn
处都是弹琴唱歌的声音。

zǐ yóu shuō　　　cóng qián wǒ céng tīng lǎo shī shuō guò　　jūn zǐ
子游说："从前我曾听老师说过：'君子

xué xí lǐ yuè jiù huì rè ài rén mín　　bǎi xìng xué xí lǐ yuè jiù róng yì
学习礼乐就会热爱人民，百姓学习礼乐就容易

shǐ huan
使唤。'"

kǒng zǐ diǎn tóu biǎo shì jiā xǔ
孔子点头表示嘉许。

zǐ yóu gēn jù kǒng zǐ de jiào dǎo　　zài wǔ chéng xiàn duì rén mín shī
子游根据孔子的教导，在武城县对人民施

xíng lǐ yuè jiào huà　　dào chù tīng de dào xián gē zhī shēng
行礼乐教化，到处听得到弦歌之声。

# yì yǔ chū shōu jì
# 一雨初收霁

一雨初收霁，金风特送凉；
书窗应自爽，灯火夜偏长。

【译读】

雨后刚放晴，秋风送来阵阵寒意；书房里更加凉爽，灯火旁读书的时光更长。

【故事】

## 王僧孺读书
*wáng sēng rú dú shū*

南北朝时期，有一个著名的学者叫王僧孺，他在小的时候就勤奋好学。王僧孺开始读《孝经》时，非常刻苦，能倒背如流。可是当有人问他关于孝道的道理时，他却答不上来。

通过这件事，王僧孺明白，读书不仅要记忆还必须懂得书中的道理。

一次，父亲一个朋友到家里来做客，王僧孺就把从书上理解的道理说给客人听，得到了客人的称赞。王僧孺学用结合，终于成为一个大学者。

# 庭下陈瓜果
tíng xià chén guā guǒ

庭下陈瓜果，云端望彩车；
tíng xià chén guā guǒ　　yún duān wàng cǎi chē

争如郝隆子，只晒腹中书。
zhēng rú hǎo lóng zǐ　　zhǐ shài fù zhōng shū

## 【译读】

七夕时节堂厅下摆上瓜果，向云端遥望牛
qī xī shí jié táng tīng xià bǎi shàng guā guǒ　xiàng yún duān yáo wàng niú

郎织女相会的彩车；倒不如象那郝隆子，卧在
láng zhī nǚ xiāng huì de cǎi chē　dào bu rú xiàng nà hǎo lóng zǐ　wò zài

堂前晒晒肚子里的书籍。
táng qián shài shài dǔ zi li de shū jí

## 【故事】

传说西周是齐地，今山东一带，有一户贫
chuán shuō xī zhōu shì qí dì　jīn shān dōng yí dài　yǒu yí hù pín

苦人家，父母早丧，幼弟依兄嫂度日，每日出
kǔ rén jiā　fù mǔ zǎo sàng　yòu dì yī xiōng sǎo dù rì　měi rì chū

外牧羊，人们都叫他做牛郎。
wài mù yáng　rén men dōu jiào tā zuò niú láng

他的嫂嫂一直不喜欢他，便让他牵着一条
tā de sǎo sao yì zhí bù xǐ huan tā　biàn ràng tā qiān zhe yì tiáo

老黄牛到荒山下自居。老黄牛是天上的金牛
lǎo huáng niú dào huāng shān xià zì jū　lǎo huáng niú shì tiān shàng de jīn niú

星，因触犯天条而被降人间。

当得知天上的7仙女常结伴到人间溜达，在明净湖沐浴，便托梦给牛郎，要他到湖畔，趁仙女们戏水时，取走一仙女挂在树上的衣衫，头也不回的跑回家来，便会获得一位美丽的仙女做妻子。

然后牛郎照梦实践，被偷走衣衫的仙女就是织女，之后他们就结成夫妻。

3年后，织女已为牛郎生了一男一女，老黄牛已死，剩下一双牛角。织女私自偷下凡间的事被天帝知道，将她拘回宫了。

牛郎抱着牛角痛哭，牛角掉地后，两只牛角变成了两只箩筐，牛郎把两个孩子放入箩筐中，之后便变成了两只强有力的翅膀，眼看织女就在眼前，牛郎奋力追赶。

王母娘娘看到这情景拔下头上的金钗，在牛郎与织女之间一划，便出现了波涛汹涌，白浪滔天，从此一个在河东，一个在河西。遥遥相对却无法相见。他们的忠贞爱情感动了喜鹊，

千万只喜鹊搭成了鹊桥，让牛郎织女走上鹊桥相会，王母娘娘对此无可奈何，只好允许他们在每年的农历七月七日于鹊桥相见。

## jiǔ rì lóng shān yǐn
## 九日龙山饮

jiǔ rì lóng shān yǐn, huáng huā xiào zhú chén;
九日龙山饮，黄花笑逐臣；
zuì kàn fēng luò mào, wǔ ài yuè liú rén.
醉看风落帽，舞爱月留人。

【译读】

chóng yáng jié dēng shàng le lóng shān yǐn jiǔ, jú huā cháo xiào wǒ shì zhú chén; hē zuì le jiǔ kàn zhe fēng chuī luò mào, duì yuè qǐ wǔ gèng shě bu de lí qù.
重阳节登上了龙山饮酒，菊花嘲笑我是逐臣；喝醉了酒看着风吹落帽，对月起舞更舍不得离去。

【故事】

chuán shuō dōng hàn shí, rǔ nán xiàn lǐ yǒu yí gè jiào huán jǐng de rén, tā suǒ zhù de dì fang tū rán fā shēng dà wēn yì, huán jǐng de fù mǔ yě yīn cǐ bìng sǐ, suǒ yǐ tā dào dōng nán shān bài shī xué yì, xiān
传说东汉时，汝南县里有一个叫桓景的人，他所住的地方突然发生大瘟疫，桓景的父母也因此病死，所以他到东南山拜师学艺，仙

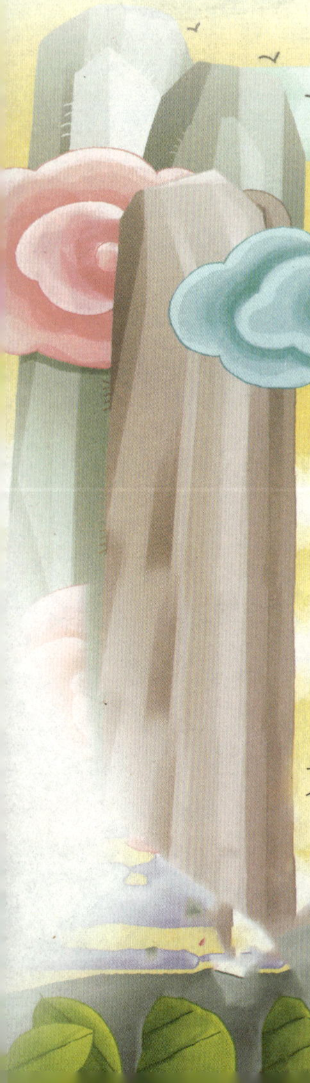

人费长房给桓景一把降妖青龙剑。桓景早起晚睡，披星戴月，勤学苦练。一日，费长房说：九月九日，瘟魔又要来，你可以回去除害。并且给了他茱萸叶子一包，菊花酒一瓶，让他家乡父老登高避祸。九月九那天，他领着妻子儿女、乡亲父老登上了附近的一座山。把茱萸叶分给大家并随身带上，又把菊花酒倒出来，每人喝了一口，避免染瘟疫。最后他和瘟魔搏斗，杀死了瘟魔。

# 昨日登高罢

昨日登高罢，今朝再举觞；
菊花何太苦，遭此两重阳。

## 【译读】

昨日重阳刚登山，今天又来这里举起酒杯；菊花为什么这样苦，竟遭到两次重阳。

## 【故事】

### 苏东坡改菊花诗

一次，北宋著名文学家苏东坡去拜访宰相王安石时，发现了王安石的一首没有写完的诗："西风昨晚过园林，吹落黄花满地金。"苏东坡想：只有秋天才刮金风，但菊花能傲霜雪，怎么花瓣四处飘落呢？于是，他挥笔续诗："秋花不比春花落，说与诗人仔细吟。"

后来，苏东坡贬官至湖北黄州府，当年秋天，好友陈季常请他到后花园赏菊饮酒。当时，正巧是刮了几天大风之后，园中10多株菊花枝上一朵花也没有了，只见满地铺金，落英缤纷。此时他才知道给王宰相改诗改错了。

## běi dì fāng xíng lìng
# 北帝方行令

běi dì fāng xíng lìng 　　 tiān qíng ài rì hé
北 帝 方 行 令 ， 天 晴 爱 日 和 ；

nóng gōng xīn zhù tǔ 　　 gòng qìng nà jiā hé
农 工 新 筑 土 ， 共 庆 纳 嘉 禾 。

## 【译读】

dōng jì de tiān shén gāng xià dá de zhǐ lìng 　 tiān qì biàn de nuǎn huo
冬季的天神刚下达的指令，天气变得暖和

le 　 nóng mín kāi shǐ jiàn fáng zi 　　 gòng tóng qìng hè zhuāng jia de fēng shōu
了，农民开始建房子，共同庆贺庄稼的丰收。

## 【故事】

## kāi dào huán guā
# 开 道 还 瓜

sāng yú 　 dōng jìn rén 　 shēn shòu hòu zhào huáng dì shí lè de qì
桑 虞 ， 东 晋 人 ， 深 受 后 赵 皇 帝 石 勒 的 器

zhòng 　 dàn tā bú mù gōng míng 　 yǐn jū shān lín
重 。 但 他 不 慕 功 名 ， 隐 居 山 林 。

sāng yú zài shān yě yǐ zhòng xī guā hé liáng shi
桑 虞 在 山 野 以 种 西 瓜 和 粮 食

wéi shēng
为生。

yǒu yì nián xià tiān
有一年夏天，

zhèng shì xī guā chū shú de shí hou sāng
正是西瓜初熟的时候，桑

yú zhèng zài máo wū dú shū
虞正在茅屋读书，

hū rán tīng dào wū wài xī guā dì li yǒu dòng
忽然听到屋外西瓜地里有动

jìng
静。

tā fàng xià shū
他放下书，

què fā xiàn yǒu yí gè rén fān qiáng lái dào tā de
却发现有一个人翻墙来到他的

guā yuán
瓜园，

tōu dào tā yuán zhōng de guā guǒ
偷盗他园中的瓜果。

sāng yú cǐ shí méi yǒu xiàng yǒu xiē rén yí yàng
桑虞此时没有像有些人一样，

ná qǐ gùn bàng qù
拿起棍棒去

tòng jī dào zéi
痛击盗贼，

fǎn ér dān xīn dào zéi táo zǒu shí bèi jīng jí cì shāng
反而担心盗贼逃走时被荆棘刺伤。

yú shì tā dīng zhǔ pú rén wèi dào zéi kāi yí gè kǒu zi fàng tā táo zǒu
于是他叮嘱仆人为盗贼开一个口子放他逃走。

dào zéi zhī dào hòu
盗贼知道后，

fēi cháng gǎn dòng
非常感动，

zhǔ dòng guī huán
主动归还

guā guǒ
瓜果，

bìng xiàng sāng yú qǐng zuì
并向桑虞请罪。

sāng yú jiàn dào zéi yǐ
桑虞见盗贼已

yǒu huǐ gǎi zhī yì
有悔改之意，

bú dàn méi yǒu chéng fá tā
不但没有惩罚他，

hái jiāng
还将

guā guǒ quán dōu sòng gěi le tā
瓜果全都送给了他。

# 帘外三竿日
lián wài sān gān rì

帘外三竿日，新添一线长；
lián wài sān gān rì　　xīn tiān yí xiàn cháng

登台观气象，云物喜呈祥。
dēng tái guàn qì xiàng　　yún wù xǐ chéng xiáng

## 【译读】

窗外太阳已升到三竿，冬至后白昼增添一线长；登上高处望气象，观看云彩万物呈现着吉祥的征兆。

# 孙绰与《天台山赋》

孙绰，字兴公，东晋著名诗赋大家，也是一位志节高尚的官吏，由于他的匡世主张得不到采纳，只得将高情远致寄寓于名山大川和诗文创作之中。

他任章安令时，历尽艰险，从章安来到了有数百里之遥的天台山，他饱含着对名山胜景的向往、赞美激情，写出了言真辞切、文情并茂的《天台山赋》。

后人评价说，读这篇赋，就像在观看一卷素雅的风景画，赏心悦目；又似在吟咏一首优美的山水诗，脍炙人口。

# 时值嘉平候
shí zhí jiā píng hòu

时值嘉平候，年华又欲催；
shí zhí jiā píng hòu　　nián huá yòu yù cuī

江南先得暖，梅蕊已先开。
jiāng nán xiān de nuǎn　　méi ruǐ yǐ xiān kāi

**【译读】**

时节已经到了腊月，年岁又在催人老去；
shí jié yǐ jīng dào le là yuè　nián suì yòu zài cuī rén lǎo qù

长江以南先有暖意，梅花早已率先开放。
cháng jiāng yǐ nán xiān yǒu nuǎn yì　méi huā zǎo yǐ shuài xiān kāi fàng

**【故事】**

从前，有一个小姑娘叫做梅儿，父亲早
cóng qián　yǒu yí gè xiǎo gū niang jiào zuò méi er　fù qīn zǎo

亡，自幼同母亲相依为命。一年冬天，她的母
wáng　zì yòu tóng mǔ qīn xiāng yī wéi mìng　yì nián dōng tiān　tā de mǔ

亲患了一种不知名的病，很多大夫看过之后都
qīn huàn le yì zhǒng bù zhī míng de bìng　hěn duō dài fu kàn guò zhī hòu dōu

束手无策。
shù shǒu wú cè

梅儿衣不解带的照顾母亲，一个晚上，梅
méi er yī bù jiě dài de zhào gù mǔ qīn　yí gè wǎn shang　méi

儿劳累过度，昏昏沉沉的睡着了。
er láo lèi guò dù　hūn hun chén chén de shuì zháo le

睡梦中，见到一个白胡子老爷爷，和蔼的对她说："你的母亲阳寿已尽，但老天感动于你的孝心，决定给你一个机会。只要能找到山中盛开的花朵，采摘下来熬成水就可以医治你的母亲！"

梅儿激动的刚想说谢谢，就醒来了。邻居们听说这个梦都说是梅儿思虑过度，可是梅儿坚持相信一切都是真的。

她请邻居们代为照顾母亲，就坚定的走出了家门。白雪皑皑，山中的一切生命迹象都已消失，更何况说盛开的花朵！梅儿坚定地在齐腰深的大雪中寻找着，寒风吹裂了她的脸，树枝划破了她的手，鞋走烂了，她走过的路鲜血淋漓，终于，又冷又饿的梅儿晕倒了……

不知过了多久，梅儿忽然醒了，暖暖的阳光照耀着，眼前一片火红，那些沾满树枝上的鲜血，

化做了一种决然怒放的花朵，绽开在干枯的枝头！梅儿欣喜异常。她艰难地站起来，采摘了很多很多的花儿带回家。

梅儿母亲喝了用花儿熬的水，病果然就痊愈了。

后来，人们为了纪念梅儿，就将这种花命名为"梅花"。

dōng qù gèng chóu jìn　　chūn suí dǒu bǐng huí
冬去更筹尽，春随斗柄回；
hán xuān yí yè gé　　kè bìn liǎng nián cuī
寒暄一夜隔，客鬓两年催。

## 【译读】

yì nián de zuì hòu yí yè jiù yào guò qù　　chūn tiān suí zhe běi dǒu
一年的最后一夜就要过去，春天随着北斗
xīng de zhuàn dòng yòu lái lín　　zài xián tán zhōng suī zhǐ gé le yí yè　　liǎng
星的转动又来临；在闲谈中虽只隔了一夜，两
nián suì yuè de gēng tì cuī shǐ rén de bìn fà yòu bái le xǔ duō
年岁月的更替催使人的鬓发又白了许多。

## 【故事】

xiāng chuán　　zài yuǎn gǔ de hóng huāng shí dài　　yǒu yì zhǒng xiōng è de
相传，在远古的洪荒时代，有一种凶恶的
guài shòu　　rén men jiào tā　　nián　　měi dào dà nián sān shí wǎn shang
怪兽，人们叫他"年"。每到大年三十晚上，
nián shòu jiù yào cóng hǎi li pá chu lai shāng hài rén chù　　huǐ huài tián yuán
年兽就要从海里爬出来伤害人畜，毁坏田园。

yǒu yì nián sān shí wǎn shang　　nián shòu tū rán cuàn dào jiāng nán de yí
有一年三十晚上，年兽突然窜到江南的一
gè cūn zi li　　yì cūn zi rén jī hū bèi nián shòu chī guāng le　　zhǐ
个村子里，一村子人几乎被年兽吃光了，只

有一家挂红布帘、穿红衣的新婚小两口平安无事。还有几个童稚，在院里点了一堆竹子在玩耍，火光通红，竹子燃烧后"啪啪"地爆响，年兽转到此处，看见火光吓得掉头逃窜。

此后，人们知道年兽怕红、怕光、怕响声，每至年末岁首，家家户户就贴红纸、穿红袍、挂红灯、敲锣打鼓、燃放爆竹，这样年兽就不敢再来了。

# jiě luò sān qiū yè
# 解落三秋叶

jiě luò sān qiū yè　　néng kāi èr yuè huā
## 解落三秋叶，能开二月花；

guò jiāng qiān chǐ làng　　rù zhú wàn gān xié
## 过江千尺浪，入竹万竿斜。

**【译读】**

dǒng de chuī luò qiū tiān de luò yè　　néng cuī kāi chūn tiān de xiān
懂得吹落秋天的落叶，能催开春天的鲜

huā　　guā guò jiāng miàn néng xiān qǐ qiān chǐ jù làng　　chuī jìn zhú lín néng shǐ
花。刮过江面能掀起千尺巨浪，吹进竹林能使

wàn gān qīng xié　　zhè shì yì shǒu miáo xiě fēng de xiǎo shī　　tā
万竿倾斜。这是一首描写风的小诗，它

shì cóng dòng tài shàng duì fēng
是从动态上对风

de yì zhǒng quán shì hé lǐ
的一种诠释和理

jiě
解。

# 潘岳广植桃花

潘岳祖父名谨，在汉末和曹魏时曾为安平太守。公元278年，潘岳32岁时，因写了一篇童谣讽刺朝庭压制官员而被赶出朝廷，外放到河阳做县令。

潘岳到了河阳，根据半丘陵地区十年九旱的特点，开始号召百姓广种桃李，绿化荒山。潘岳自幼爱美成癖，他在治理山水时，还引领百姓在道路两旁、田间地头、农家小院等地方，也栽上桃李和花卉。每逢春天到来，河阳县境内绿满山川花满园。

## rén zài yàn yáng zhōng
# 人在艳阳中

rén zài yàn yáng zhōng　　táo huā yìng miàn hóng
人在艳阳中，桃花映面红；

nián nián èr sān yuè　　dǐ shì xiào chūn fēng
年年二三月，底事笑春风？

## 【译读】

qù nián de jīn tiān　　zhèng shì zài
去年的今天，正是在

cháng ān nán zhuāng de zhè hù rén jiā mén
长安南庄的这户人家门

kǒu　　gū niang nǐ nà měi lì de miàn páng hé
口，姑娘你那美丽的面庞和

shèng kāi de táo huā jiāo xiāng huī yìng　　xiǎn dé
盛开的桃花交相辉映，显得

fèn wài fēi hóng
分外绯红。

shí gé yì nián de jīn tiān　　gù dì chóng
时隔一年的今天，故地重

yóu　　gū niang nǐ nà měi lì de qiàn yǐng　　yǐ
游，姑娘你那美丽的倩影，已

bù zhī qù le nǎ li　　zhǐ yǒu mǎn shù táo huā
不知去了哪里，只有满树桃花

yī rán xiào yíng zhe hé xù de chūn fēng
依然笑迎着和煦的春风。

**【故事】**

唐朝的春天略有寒意，一个叫崔护的年轻人，满怀失意地走在长安的大街上。

这是城南的一个普普通通的院落，几枝桃花伸出墙外，透漏着春的信息。口渴的诗人叩开了这扇让他日后魂牵梦绕的门，开门的是一个妙龄女子，干净的院落花草飘香，女子的脸庞一如桃花美丽。

四目相对的一刻，那种本真的情感立即荡漾在两人的胸中，落魄的才子暗暗发誓，待到功成名就，这个貌如桃花的姑娘就是我花烛之夜的新娘。

又是一年的春天，诗人再次来到这里，但没有再看到那个貌美如桃花的女孩，诗人惆怅万分，便

在门上题诗一首：去年今日此门中，人面桃花相映红。人面不知何处去，桃花依旧笑春风。

过了数天，诗人再次来到这个让他魂牵梦绕的地方，却听到院落里传出悲伤的啼哭之声。他想问个究竟，便去轻轻叩门，开门的是一个白发老头，说是女儿看了门上的题诗后，

biàn xiāng sī chéng jí yí bìng bù qǐ
便相思成疾一病不起，

bú xìng zài qián yì tiān qì duàn shēn
不幸在前一天气断身

wáng le cuī hù dà jīng
亡了。崔护大惊，

gào zhī lǎo ren shuō wǒ jiù shì
告知老人说，我就是

nà tí shī zhī rén ràng wǒ jiàn
那题诗之人，让我见

nǐ jiā xiǎo jiě yí miàn ba
你家小姐一面吧。

lǎo ren yīng yǔn le shī
老人应允了诗

rén kěn qiú cuī hù lái dào
人恳求，崔护来到

nǚ hái shēn páng yòng shǒu fǔ
女孩身旁，用手抚

mō zhe nǚ hái kū qì zhe
摸着女孩哭泣着

shuō wǒ jiù shì cuī láng
说，我就是崔郎

啊，我就是崔郎啊。

爱的力量太大了，它竟可以让死去的人还魂。在崔护的呼唤声里，女孩终于睁开眼睛，调养几日后，病就痊愈了。

崔护与女孩惊天动地感情也感动了女孩的父亲，老人把女孩许给了崔护。后来崔护考中进士，娶了这个面如桃花的女孩，夫妻恩爱一生，留下了一段千古传颂的佳话。

yuàn luò chén chén xiǎo

# 院落沉沉晓

yuàn luò chén chén xiǎo　　huā kāi bái xuě xiāng
## 院落沉沉晓，花开白雪香；

yì zhī qīng dài yǔ　　lèi shī guì fēi zhuāng
## 一枝轻带雨，泪湿贵妃妆。

【译读】

tiān kuài liàng de shí hou　　lí huā kāi le　　xiàng bái xuě yí yàng sàn
天快亮的时候，梨花开了，像白雪一样散

fā zhe xiāng qì　　děng hòu ài ren guī lái de měi rén zhèng zài kū qì　　lèi
发着香气，等候爱人归来的美人正在哭泣，泪

shuǐ dǎ shī le liǎn shang de zhuāng róng
水打湿了脸上的妆容。

# 【故事】

## shào gōng shù xià tīng sòng
## 召公树下听讼

召公，姓姬名奭，是周文王的庶子。周武王平定天下后，周公旦受封在陕左，召公奭受封在陕右。召奭治国有德政，曾经在甘棠树下听讼，为人民评断曲直，平反冤狱，对百姓很好。大家都很感激他的恩泽，思念他的德政，所以当他离开以后，对于他所留下来的遗迹故物，都小心维护，珍爱异常，连他听讼所在的那棵树都不忍心砍伐，让它保存下来。

# 枝缀霜葩白
zhī zhuì shuāng pā bái

zhī zhuì shuāng pā bái　　wú yán xiào xiǎo fēng
枝缀霜葩白，无言笑晓风；

qīng fāng shuí shì lǚ　　sè jiān xiǎo táo hóng
清芳谁是侣，色间小桃红。

**【译读】**

shuāng xuě yí yàng de bái huā zhuì mǎn
霜雪一样的白花缀满

zhī tóu　mò mò de zài chén fēng zhōng hán xiào
枝头，默默地在晨风中含笑

kāi fàng　qīng lì fēn fāng shuí néng hé tā zuò
开放；清丽芬芳谁能和她作

bàn　yān hóng de xiǎo táo bìng jiān zhàn lì zài tā
伴，嫣红的小桃并肩站立在她

de shēn páng
的身旁。

## 【故事】

桃花盛开在春日里，她粲如锦绣，艳如红霞。传说唐明皇和杨贵妃都喜爱桃花，禁苑中种桃花千株，每到桃花盛开，他们会于桃园，每次皇帝都要摘桃花插于宠妃头上，说"此花最能助娇态"。桃花如此娇美，因此古时有人用桃花洗面，认为这样可使容貌更加美丽。

## qīng guó zī róng bié
# 倾国姿容别

qīng guó zī róng bié　　duō kāi fù guì jiā
# 倾国姿容别，多开富贵家；
lín xuān yì shǎng hòu　　qīng bó wàn qiān huā
# 临轩一赏后，轻薄万千花。

## 【译读】

mǔ dan huā xiàng qīng guó qīng chéng de měi rén　qí
牡丹花像倾国倾城的美人，其

zī tài　　róng mào yǔ zhòng bù tóng　　tā shì fù guì
姿态、容貌与众不同，它是富贵

zhī huā　zài chuāng qián guān shǎng hòu　　jiù qiáo bu
之花，在窗前观赏后，就瞧不

shàng bié de huā le
上别的花了。

**【故事】**

wǔ zé tiān dāng huáng dì hòu    yǒu yì nián dōng tiān    zhì shàng yuàn yǐn
武则天当皇帝后，有一年冬天，至上苑饮

jiǔ shǎng xuě    jiǔ hòu zài bái juàn shàng xiě le yì shǒu wǔ yán shī
酒赏雪，酒后在白绢上写了一首五言诗：

míng zhāo yóu shàng yuàn    huǒ sù bào chūn zhī
明朝游上苑，火速报春知。

huā xū lián yè fàng    mò dài xiǎo fēng chuī
花须连夜放，莫待晓风吹。

xiě bà    tā jiào gōng nǚ ná dào shàng yuàn fén shāo    yǐ bào huā shén
写罢，她叫宫女拿到上苑焚烧，以报花神

zhī xiǎo    zhào lìng fén shāo yǐ hòu    xià huài le bǎi huā xiān zǐ    dì èr
知晓。诏令焚烧以后，吓坏了百花仙子。第二

tiān    chú le mǔ dan wài    qí yú huā dōu kāi le
天，除了牡丹外，其余花都开了。

wǔ zé tiān jiàn mǔ dan wèi kāi    dà nù zhī xià    yì bǎ huǒ jiāng
武则天见牡丹未开，大怒之下，一把火将

zhòng mǔ dan huā shāo wéi jiāo huī    bìng jiāng bié chù mǔ dan lián gēn bá chū
众牡丹花烧为焦灰。并将别处牡丹连根拔出，

biǎn chū cháng ān    rēng zhì luò yáng máng shān    luò yáng máng shān gōu hè jiāo
贬出长安，扔至洛阳邙山。洛阳邙山沟壑交

cuò    piān pì qī liáng
错，偏僻凄凉。

wǔ zé tiān jiāng mǔ dan rēng dào luò yáng máng shān    yù jiāng mǔ dan jué
武则天将牡丹扔到洛阳邙山，欲将牡丹绝

zhǒng    shuí zhī mǔ dan zài luò yáng máng shān zhǎng shì liáng hǎo    rén men fēn fēn
种。谁知牡丹在洛阳邙山长势良好，人们纷纷

lái cǐ guān shǎng mǔ dan
来此观赏牡丹。

## qiáng jiǎo yí jì méi
# 墙角一技梅

qiáng jiǎo yí jì méi　　líng hán dú zì kāi
# 墙角一技梅， 凌寒独自开；

yáo zhī bú shì xuě　　wéi yǒu àn xiāng lái
# 遥知不是雪， 惟有暗香来。

**【译读】**

qiáng jiǎo yǒu jǐ zhī méi huā　　mào zhe yán hán dú zì kāi fàng　　wèi
墙角有几枝梅花，冒着严寒独自开放。为

shén me yuǎn kàn jiù zhī dào jié bái de méi huā bú shì xuě ne　　nà shì yīn
什么远看就知道洁白的梅花不是雪呢？那是因

wèi méi huā yǐn yǐn piāo lái zhèn zhèn de xiāng qì
为梅花隐隐飘来阵阵的香气。

**【故事】**

xiāng chuán　　sòng wǔ dì de nǚ ér shòu yáng gōng zhǔ　　yǒu yí rì
相传，宋武帝的女儿寿阳公主，有一日

wò yú hán zhāng diàn yán xià xiū xi　　tū rán yǒu wǔ bàn méi huā luò zài
卧于含章殿檐下休息，突然有五瓣梅花落在

tā de é shàng　　rán hòu zěn me cā xǐ dōu
她的额上，然后怎么擦洗都

bú diào　zhòng rén dōu jué de hěn shì xīn qí
不掉，众人都觉得很是新奇。

yú shì　huáng shang xià lìng ràng gōng zhǔ liú zhe zhè ge méi huā yìn
　　于是，皇上下令让公主留着这个梅花印

jì　hòu lái gōng zhōng de nǚ zǐ jué de hěn shì hǎo kàn　dōu hěn xiàn
记，后来宫中的女子觉得很是好看，都很羡

mù　biàn jìng xiāng xiào fǎng　zhè zhǒng yìn jì suì chéng wéi qiān gǔ chuán qí de
慕，便竞相效仿。这种印记遂成为千古传奇的

shēn gōng méi zhuāng
深宫梅妆。

# 柯干如金石
kē gān rú jīn shí

柯干如金石，心坚耐岁寒；
kē gān rú jīn shí　　xīn jiān nài suì hán

平生谁结友，宜共竹松看。
píng shēng shuí jié yǒu　　yí gòng zhú sōng kàn

## 【译读】

草木的茎杆像金石那么坚硬，心坚才能耐
cǎo mù de jīng gǎn xiàng jīn shí nà me jiān yìng　　xīn jiān cái néng nai

得住寒冷，一生与谁交朋友，应该与像松、竹
de zhù hán lěng　　yì shēng yǔ shuí jiāo péng you　　yīng gāi yǔ xiàng sōng　　zhú

那样高品德的人看齐交友。
nà yàng gāo pǐn dé de rén kàn qí jiāo yǒu

## 【故事】

相传，古时凡间是没有竹子的，竹子只生
xiāng chuán　　gǔ shí fán jiān shì méi yǒu zhú zi de　　zhú zi zhǐ shēng

长在王母娘娘的御花园中。竹子受仙霖甘露浇
zhǎng zài wáng mǔ niáng niang de yù huā yuán zhōng　　zhú zi shòu xiān lín gān lù jiāo

灌，长得俊秀挺拔。神仙们都十分喜爱仙竹，
guàn　　zhǎng de jùn xiù tǐng bá　　shén xiān men dōu shí fēn xǐ ài xiān zhú

特别是王母娘娘，更是宠爱有加。她命侍女朝
tè bié shì wáng mǔ niáng niang　　gèng shì chǒng ài yǒu jiā　　tā mìng shì nǚ zhāo

霞仙子照料仙竹。朝霞对仙竹也喜欢万分，每
xiá xiān zǐ zhào liào xiān zhú　　zhāo xiá duì xiān zhú yě xǐ huan wàn fēn　　měi

天都悉心呵护。仙竹仿佛也懂她的心思，只要朝霞从旁经过，便招展身姿，向她致意问好。

天上虽好，可朝霞却向往人间有死有生，有泪有笑的生活。可女友们都笑她痴人说梦，因为仙女下凡是犯天规的。一天，王母娘娘在蟠桃会上多喝了几杯百花仙子酿的百花露，醉了。朝霞明白这一醉少也要十天半个月，真是千载难逢的好机会！

要下凡，只有乘此机会了。她悄悄地带了一些仙竹从南天门溜到了人间……

从此，人间就有了挺拔俊俏的竹子。

# 居可无君子
*jū kě wú jūn zǐ*

居可无君子，交情耐岁寒；
*jū kě wú jūn zǐ，jiāo qíng nài suì hán*

春风频动处，日日报平安。
*chūn fēng pín dòng chù，rì rì bào píng ān*

## 【译读】

居住的地方不可没有君子，故应种植
*jū zhù de dì fang bù kě mò yǒu jūn zǐ，gù yīng zhòng zhí*

松、竹、梅等像君子那样耐得住风霜寒冷的
*sōng zhú méi děng xiàng jūn zǐ nà yàng nài de zhù fēng shuāng hán lěng de*

有节操的植物来作为长久相交的朋友。
*yǒu jié cāo de zhí wù lái zuò wéi cháng jiǔ xiāng jiāo de péng you*

## 【故事】

### 君子似玉
*jūn zǐ sì yù*

子贡问孔子："为什么君子以玉为贵而
*zǐ gòng wèn kǒng zǐ，wèi shén me jūn zǐ yǐ yù wéi guì ér*

以美石为轻呢？"
*yǐ měi shí wéi qīng ne*

孔子回答道："玉石温和、润泽有光
*kǒng zǐ huí dá dào，yù shí wēn hé、rùn zé yǒu guāng*

彩，正如君子的仁德一般；它纹理细密而又坚实，就好像君子的智慧，心思细腻、处事周全。当玉石摔碎后，虽然也有棱角，却不会伤人，如同君子之义，正直刚毅，却以仁爱存心。垂挂的时候，好像要跌落下来的样子，象征着君子的谦下恭谨。敲击它的时候，会发出清澈激昂的声音，与音乐性德相似……所以君子以玉为贵，它所显出的'仁、智、义、礼、忠、信'等品性，正是仁人君子的德风啊！"

chūn shuǐ mǎn sì zé
# 春水满泗泽

chūn shuǐ mǎn sì zé　　　xià yún duō qí fēng
春水满泗泽，夏云多奇峰；
qiū yuè yáng míng huī　　　dōng lǐng xiù gū sōng
秋月扬明辉，冬岭秀孤松。

## 【译读】

lóng dōng guò qù　　yì hóng chūn shuǐ yì mǎn le tián yě hé shuǐ zé
隆冬过去，一泓春水溢满了田野和水泽。
xià tiān de yún biàn huàn mò cè　　dà duō rú qí fēng zhòu qǐ　qiān zī wàn
夏天的云变幻莫测，大多如奇峰骤起，千姿万
tài　qiū yuè lǎng zhào　míng liàng de yuè guāng xià　yí qiè jǐng wù dōu méng
态。秋月朗照，明亮的月光下，一切景物都蒙
shàng le yì céng mí lí de sè cǎi　dōng rì de gāo lǐng shang　yì kē zài
上了一层迷离的色彩。冬日的高岭上，一棵在
yán hán zhōng de qīng sōng zhǎn xiàn chū bó bó de shēng jī
严寒中的青松展现出勃勃的生机。

## 【故事】

hěn jiǔ hěn jiǔ yǐ qián　liǔ shù　wú tóng shù　zài tǎo lùn
很久很久以前，柳树、梧桐树……在讨论
zì jǐ yǒu duō hǎo　liǔ shù shuō　wǒ de shēn tǐ zuì miáo tiáo　shuí
自己有多好。柳树说："我的身体最苗条，谁

都不如我。"梧桐树说:"我的叶子最圆,谁都不如我。"只有松树不说话。森林仙女知道了这件事,就用魔法把自己变成一只小松鼠,说想在它们的树枝上做窝,柳树、梧桐树都不愿意。只有松树表示欢迎。于是她跳到松树上一下变成了森林仙女,然后她说道:"我要让你们的叶子在秋天全掉光。"最后只有松树的叶子没有掉。所以,在秋天只有松树长满了叶子。

# 诗酒琴棋客
shī jiǔ qín qí kè

shī jiǔ qín qí kè　　fēng huā xuě yuè tiān
诗酒琴棋客，风花雪月天；
yǒu míng xián fù guì　　wú shì sàn shén xiān
有名闲富贵，无事散神仙。

## 【译读】

gǔ dài de wén rén yǐ tán qín xià qí zuò shī yǐn jiǔ wéi
古代的文人以弹琴、下棋、作诗、饮酒为
fēng yǎ gāo shàng de yú lè huó dòng zài yì nián de sì gè jì jié lǐ
风雅高尚的娱乐活动，在一年的四个季节里，
tā men yōu xián fù guì yòu gāo míng yuǎn yáng huó de xiàng
他们悠闲富贵又高名远扬，活的像
shén xiān yí yàng
神仙一样。

【故事】

# 陶渊明归隐

公元405年，已过不惑之年的陶渊明出任彭泽县令。到任第81天，浔阳郡派遣督邮来检查公务，县吏说："我们应当穿戴整齐、备好礼品、恭恭敬敬地去迎接督邮啊！"

陶渊明说："我怎能为了县令的五斗薪俸，就低声下气去向这些小人贿赂献殷勤呢？"说完，他就辞职归乡。此后，陶渊明一面读书为文，一面躬耕陇亩。

陶渊明的散文如《桃花源记》和《五柳先生传》等，表现了一种返朴归真和高远脱俗的意境，同时也表达了他对美好未来的向往。

## dào yuàn yíng xiān kè
# 道院迎仙客

dào yuàn yíng xiān kè　shū táng yǐn xiāng rú
道院迎仙客，书堂隐相儒；
tíng zāi qī fèng zhú　chí yǎng huà lóng yú
庭栽栖凤竹，池养化龙鱼。

【译读】

寺院里经常有仙客出入，宰相之才的人都出自书斋之中。庭院里栽着栖凤竹，池塘里养着肥美的鲤鱼。

【故事】

居住在黄河里的鲤鱼听说龙门风光好，都想去观光。它们从河

南孟津的黄河里出发，通过洛河，又顺伊河来到龙门水溅口的地方，但龙门山上无水路，上不去，它们只好聚在龙门的北山脚下。"我有个主意，咱们跳过这龙门山怎样？"

一条美丽刚劲的大红鲤鱼对大家说。"那么高,怎么跳啊?""跳不好会摔死的!",伙伴们七嘴八舌拿不定主意。大红鲤鱼便自告奋勇地说:"我先跳,试一试。"只见它从半里外就使出全身力量,像离弦的箭,纵身一跃,一下子跳到半天云里,带动着空中的云和雨往前走。一团天火从身后追来,烧掉了它的尾巴。它忍着疼痛,继续朝前飞跃,终于越过龙门山,落到山

南的湖水中。山北的鲤鱼们见大红鲤鱼尾巴被天火烧掉，一个个被吓得缩在一块，不敢再去冒这个险了。

这时，忽见天上降下一条巨龙说："不要怕，我就是你们的伙伴大红鲤鱼，因为我跳过了龙门，就变成了龙，你们也要勇敢地跳呀！"

鲤鱼们听了这些话，受到鼓舞，开始一个个挨着跳龙门山。可是除了个别的跳过去化为龙以外，大多数都过不去。凡是跳不过去，从空中摔下来的，额头上就落一个黑疤。

直到今天，这个黑疤还长在黄河鲤鱼的额头上呢。

# 春游芳草地

chūn yóu fāng cǎo dì

春游芳草地，夏赏绿荷池；

秋饮黄花酒，冬吟白雪诗。

**【译读】**

春天去草地上游玩，夏天欣赏荷塘里的景色，秋天喝黄花酒，冬天在雪中吟诗作对。

【故事】

## 谢道韫咏絮

东晋宰相谢安的侄女谢道韫是出名的才女。有一天，大雪纷飞，谢安带一家人到花园里观赏雪景，谢安说："大雪纷纷何所似？"

一个孩子说："撒盐空中差可拟。"谢安摇摇头："把雪花比作盐吗？不合适。"

谢道韫站出来说："未若柳絮因风起。"

谢安一听说道："好！写出了雪花的轻盈。"

从此，大家都叫她"咏絮才女"。

# 《神童诗》全文诵读

| | | | |
|---|---|---|---|
| 天子重英豪, | 文章教尔曹。 | 万般皆下品, | 惟有读书高。 |
| 少小须勤学, | 文章可立身。 | 满朝朱紫贵, | 尽是读书人。 |
| 学问勤中得, | 萤窗万卷书。 | 三冬今足用, | 谁笑腹空虚。 |
| 自小多才学, | 平生志气高。 | 别人怀宝剑, | 我有笔如刀。 |
| 朝为田舍郎, | 暮登天子堂。 | 将相本无种, | 男儿当自强。 |
| 学乃身之宝, | 儒为席上珍。 | 君看为宰相, | 必用读书人。 |
| 莫道儒冠误, | 诗书不负人。 | 达而相天下, | 穷则善其身。 |
| 遗子满赢金, | 何如教一经。 | 姓名书锦轴, | 朱紫佐朝廷。 |
| 古有千文义, | 须知学后通。 | 圣贤俱间出, | 以此发蒙童。 |
| 神童衫子短, | 袖大惹春风。 | 未去朝天子, | 先来谒相公。 |
| 大比因时举, | 乡书以类升。 | 名题仙桂籍, | 天府快先登。 |
| 喜中青钱选, | 才高压众英。 | 萤窗新脱迹, | 雁塔早题名。 |
| 年少初登第, | 皇都得意回。 | 禹门三汲浪, | 平地一声雷。 |
| 一举登科日, | 双亲未老时。 | 锦衣归故里, | 端的是男儿。 |
| 玉殿传金榜, | 君恩赐状头。 | 英雄三百辈, | 随我步瀛洲。 |
| 慷慨丈夫志, | 生当忠孝门。 | 为官须作相, | 及第必争先。 |
| 宫殿岌峣耸, | 街衢竞物华。 | 风云今际会, | 千古帝王家。 |
| 日月光天德, | 山河壮帝居。 | 太平无以报, | 愿上万言书。 |
| 久旱逢甘霖, | 他乡遇故知。 | 洞房花烛夜, | 金榜题名时。 |
| 土脉阳和动, | 韶华满眼新。 | 一枝梅破腊, | 万象渐回春。 |
| 柳色侵衣绿, | 桃花映酒红。 | 长安游冶子, | 日日醉春风。 |
| 淑景余三月, | 莺花已半稀。 | 欲沂谁氏子, | 三叹咏而归。 |

| | | | |
|---|---|---|---|
| 数点雨余雨, | 一番寒食寒。 | 杜鹃花发处, | 血泪染成丹。 |
| 春到清明好 | 晴添锦绣文。 | 年年当此节, | 底事雨纷纷。 |
| 风阁黄昏雨, | 开轩纳晚凉。 | 月华当户白, | 何处递荷香。 |
| 漏尽金风冷, | 堂虚玉露清。 | 穷经谁氏子, | 独坐对寒檠。 |
| 秋景今宵半, | 天高月倍明。 | 南楼谁宴赏, | 丝竹奏清音。 |
| 一雨初收霁, | 金风特送凉。 | 书窗应自爽, | 灯火夜偏长。 |
| 庭下陈瓜果, | 云端望彩车。 | 争如郝隆子, | 只晒腹中书。 |
| 九日龙山饮, | 黄花笑逐臣。 | 醉看风落帽, | 舞爱月留人。 |
| 昨日登高罢, | 今朝再举觞。 | 菊花何太苦, | 遭此两重阳。 |
| 北帝方行令 | 天晴爱日和。 | 农工新筑土, | 共庆纳嘉禾。 |
| 帘外三竿日 | 新添一线长。 | 登台观气象, | 云物喜呈祥 |
| 时值嘉平候, | 年华又欲催。 | 江南先得暖, | 梅蕊已先开。 |
| 冬季更筹尽, | 春随斗柄回。 | 寒暄一夜隔, | 客鬓两年催。 |
| 解落三秋叶, | 能开二月花。 | 过江千尺浪, | 入竹万竿斜。 |
| 人在艳阳中, | 桃花映面红。 | 年年二三月, | 底事笑春风。 |
| 院落沉沉晓, | 花开白雪香。 | 一枝轻带雨, | 泪湿贵妃妆。 |
| 枝缀霜葩白, | 无言笑晓风。 | 清芳谁是侣, | 色间小桃红。 |
| 倾国姿容别, | 多开富贵家。 | 临轩一赏后, | 轻薄万千花。 |
| 墙角一枝梅, | 凌寒独自开。 | 遥知不是雪, | 惟有暗香来。 |
| 柯干如金石, | 心坚耐岁寒。 | 平生谁结友, | 宜共竹松看。 |
| 居可无君子, | 交情耐岁寒。 | 春风频动处, | 日日报平安。 |
| 春水满泗泽, | 夏云多奇峰。 | 秋月扬明辉, | 冬岭秀孤松。 |
| 诗酒琴棋客, | 风花雪月天。 | 有名闲富贵, | 无事散神仙。 |
| 道院迎仙客, | 书堂隐相儒。 | 庭栽栖凤竹, | 池养化龙鱼。 |
| 春游芳草地 | 夏赏绿荷池。 | 秋饮黄花酒, | 冬吟白雪诗。 |

# 图书在版编目（CIP）数据

神童诗 / 张恩台编著. -- 长春：吉林美术出版社，
2015.8（2021.7重印）
（儿童国学教化经典阅读）
ISBN 978-7-5575-0018-4

Ⅰ. ①神… Ⅱ. ①张… Ⅲ. ①古典诗歌－中国－启蒙
读物 Ⅳ. ①H194.1②I222

中国版本图书馆CIP数据核字(2015)第193513号


## 儿童国学教化经典阅读　神童诗

出 版 人　赵国强
责任编辑　魏　冰
开　　本　710mm×1000mm　1/16
印　　张　8
字　　数　46千字
版　　次　2015年8月第1版
印　　次　2021年7月第3次印刷
印　　刷　汇昌印刷（天津有限公司）
出　　版　吉林美术出版社有限责任公司
发　　行　吉林美术出版社有限责任公司
地　　址　长春市人民大街4646号
电　　话　总编办：0431-81629572

定　　价　29.80元